우리는 자라서 무엇이 되나요?

이 도서의 국립중앙도서관 출판예정도서목록(CIP)은 서지정보유통지원시스템 홈페
이지(http://seoji.nl.go.kr)와 국가자료종합목록 구축시스템(http://kolis-net.nl.go.
kr)에서 이용하실 수 있습니다.
(CIP제어번호 : CIP2020025774)

J.H CLASSIC 053

# 우리는 자라서 무엇이 되나요?

이노경 시집

지혜

## 시인의 말

　돌이켜보면 '아빠수염'을 '바늘'에 비유한 시로 교내 백일장에서 상을 탔던 초등학교 이후, 나는 단 한번도 '시인'이지 않았던 적이 없었다. 시는 나의 노래였고 위로였고 역사였다.

　'사랑'은 내 오랜 창작의 원천 중 하나다. 시간이 지날수록 이는 '만남'에서 '결혼'으로, '육아'로 모습을 달리하였고, 10여 년이 지나 차곡차곡 쌓여 시로 남았다.

　'재즈', '월드뮤직', '국악', '음악치유'까지 음악적 관심사가 이동하고 성장하면서 '작사'에도 눈을 뜬 것은 얼마 되지 않은 일이다. 작사가로서의 첫 작품이었고, 첫 시집 타이틀이 된 '우리는 자라서 무엇이 되나요?'를 마주하면서 나는 되묻는다. '이제 나의 시들은 자라서 어디로 갈까?'… 부디 여러분의 가슴에 하나씩 꽂혀 또 하나의 시로 승화되길 바란다.

2020년

이노경

# 차례

## 1부  결혼 전

## 2부 결혼 후

# 3부  출산 후

• 일러두기
  한 연이 첫 번째 행에서 시작될 때는 > 로 표시합니다.

1부

결혼 전

# 내가 잘못했다

내가
뭘
잘못 했길래
반문해 보니
정말
내가 잘못했다

널 사랑한 거 잘못했고
짜증낸 거 잘못했고
내 생각만 한 거 잘못했고
먼저 사과하지 않은 거 잘못했고
정든 거 잘못했고
그래서
쉬이 놓아주지 못한 거 잘못했고
끝까지 어려운 결정하도록 떼 쓴 거 잘못했고
그래도
미련 버리지 못하고 울고 선 거 잘못했고
이렇게
멀어지고 나서야
혼자서

사랑한다, 사랑했다
되뇌인다

돌이켜 보니
내가
모두
모두
잘못했다

# 선시장

선시장에
청바지, 잠바 입고 나갔다가
싱싱하지도 않은 주제에
꾸미지도 않고 나왔다고
퇴짜 맞았다

나이들고
개인주의적이고
지적능력까지 뛰어난 여자 생선은
언제나 인기가 없다

선시장에 나타난 늙은 남자 생선은
모두들 냉동했다 해동한 생선들이다
따뜻한 척 하지만
다들 하나같이 차다

제철에
속 따뜻한 남여생선들은
일찌감치 필요한 어부들이 채어가고

>

선시장에 나타난
여성남성 냉동생선들은
오늘도
이제나 저제나
혹시하는 맘으로
잔뜩 가면을 쓰고 나온다

아직도
사랑을 믿는
나는
선시장에
부모한테 효도하는 맘으로
그러나
싱싱하지도 않은 주제에
노 메이크업no makeup이다

# 사랑하기 때문에 헤어진다는 말은

사랑하기 때문에
헤어진다는 말은
너보단
날 더 사랑한다는 말이다
너보단
널 둘러싼 배경과 조건이
더이상 미덥지 않다는 말이다

사랑하기 때문에
헤어진다는 말은
쉬이
모진 말을 할 순 없다는 말이다
언젠가
때가 되면 다시 만날 수도 있다는 말이다

사랑하기 때문에
헤어진다는 말은
추한 이별을 원치 않기 때문이다
남은 서로의 마지막 자존심을 챙겨주겠다는 말이다

\>

그래도

사랑하기 때문에

헤어진다는 말은

정말

사랑했기 때문이다

## 이별

다가올 땐
여자 친구가 되어달라더니
떠나갈 땐
그냥 친구로 남자고 한다

# 나만 기차를 잘 못 탔다


나만 기차를 잘 못 탔다
누군
첨부터 운좋게 행선지가 같은 사람과 기차를 탔다
누군
같이 탔다가 행선지가 다름을 알고
늦기 전에 다른 기차로 바꿔 탔다

혼자 타고 가다가
나는 만났고
말하지 않았지만
우리는
같은 행선지임을 의심하지 않았다

그런데
종착역 전역에서
바로
그는 내렸다

길들여진 나는

>

다른 기차를 탈 것인가
홀로 종착역에 도착할 것인가
처음부터 시작할 것인가
중간부터 이어갈 것인가
완행을 탈 것인가
고속열차를 탈 것인가

그래도
옛 정은 돌아오지 않는다

# 화가 흐른다

화가 흐른다
암울했던 과거와
비참한 오늘
기약없는 미래에
화가 흐른다

화가 흐른다
별 달라질 것 없는 하루를
바둥거리며 사는 내 모습
고칠 수도 없는
부모의 열성인자에
반항없이 기생하며 사는 내 모습
달거리적마다
이유없이 폭발하듯
화가 흐른다

화가 흐른다
그 상황
그 시간에 함께 했던 네 옆에
나의 화가 흐르고

네 인내의 한계가 서면
너와 나는
멀어진다
경계가 진다
너와 나 사이엔
화anger만 남는다
화만 흐른다

# 그 사람은 이제 없다

그 사람은 이제 없다
이미 무덤속에 잠들어 버렸다
나는 꽃을 주고, 물을 주고
밭을 가꾸고, 정원을 만들었다
힘들 때마다 찾아가서
늙어 버린 나무 등걸에 앉아
추억한다
사랑했었노라고

하지만
이미 그 사람은 없다
모두가 내가 만든 허상, 환영
애써
아름다왔다고
아직도 사랑하고 있노라고
아직도 기다리고 있노라고
아직도 나의 20대라고

어쩌나
그 사람은 세월의 때에 영악해졌다

네 기억 속의 그 사람은 죽었다
추억은 무덤속에 잠들어버렸다

이제
묘지를 나와
내 옆을 보자

# 에헤라 뒤여

피부가 두꺼워 지면서
땀구멍이 넓어지면서
얼굴이 검어지면서
허리가 굽어지면서
관절이 시리면서
사람을 가리면서
찾아오는 사람이 줄어들면서
신체보다 생각이 많아지면서
경험보다 추억이 커지면서
사랑보다 조건이 늘면서

나이를 안다
나이를 안다
나이를 안다
나이를 안다
나이를 안다
나이를 안다
나이를 안다
나이를 안다
나이를 안다

나이를 안다

에헤라 뒤여

# 이별 2

이제는
우리가
헤어져야 할 시간
다음에
또
만나요*

이제는
우리가
헤어져야 할 시간
다음에
또
만나요

…다음에
또
만날 수 있을까?


* 노래 부분.

# 짝사랑

찔러본다
그 사람만 빼고
주위만

# 엎어진 사랑

우리 사랑은
엎어진 사랑

그는 나를
나는 너를
너는 그녀를
사랑한다네

너가 나를 사랑해 준다면
나를 사랑하는 그도
너가 사랑했던 그녀도
다 남이 될 것을

너는 그녀를 버릴 수 없고
나는 그를 허락할 수 없고
너는 나의 사랑을 모르니
우린 한쪽만 바라보는구나

우리 사랑은
엎어진 사랑

&gt;

하나라도 돌아서면
하나라도 이룰 사랑인데
한치도 양보가 없으니
다 혼자다

## 시나브로

보면
좋았지
돌아서면
잊어버렸지
가끔씩
생각났었지
바쁘면
머리에 없었지

시나브로

일주일이
하루가 되고
하루가
매 시간이 되더니
매초마다
생각하고 있었지

봐도
그립고

돌아서도
그립고
내 하루가
네 하루
내 시간이
네 시간

나는
없었지

# 질투

의심하기보다
의심받고 싶고

집착하기보다
집착받고 싶고

사랑하기보다
사랑받고 싶고

기다리기보다
기다리게 하고 싶고

저자세이기보다
항상
고자세이고 싶고

받지 못해 짜증부리기보다
너무 받아 짜증내고 싶고

간섭하기보다

간섭받고 싶고

그 이전 누군가의
대체물보다는

그 이후 누군가의
표본이고 싶고

처음이고 싶고
유일한이고 싶고

# 실연

다행이야
나
예술하는 사람이라서

# 연애

꼬실 때가
재밌다

넘어오면
남는 건

무관심과
집착뿐

# 노처녀(노총각)*

누구나 결혼하네
결혼들 하네
봄 여름 특히 가을
결혼들 하네

개나
소나
하는 결혼
저만치 나혼자 멀어있네

떠밀려 우는 늙은 새여
홀로 싫어
결혼안에 사노라네

누구나 이혼하네
이혼들 하네
갈 봄 여름없이
이혼들 하네

* 김소월「산유화」품으로.

# 하이힐

"탑~승"
오늘도 하이힐 신은 여자들은
한 마리 말이 된다
"또각"
"또각"
"또또각"
지하철 계단 위로 흐르는
뛰고 걷는 말발굽소리
이미 오래 신어 익숙해진 말도
이제 처음 신어 절뚝이는 말도
피까이고 변형된 발가락
세월만큼이나 당당한 경주마로 성장한다

"탁~띠익"
"탁~띠익"
한쪽 발 고무바킹 다 닳은 소리
오늘도 열심히 살았구나
3000원에 뒤축들어 첨보는 수선공에게
인간의 발을 내 보인다
"하~차"

하면 다시 여자로 돌아오는 사회 애마들.

안장차고 뾰족 양구두 못 박고나면
점검받은 여자들은 또 내일아침 저녁 여정을 위해
기꺼이 말이 된다
먹이가 된다

# 나는 섬

나는 섬
몰려다니는 뭍을 뒤로하고
홀로 떠돈다

파도타기를 해도
다시 나에게로 귀결되는
일방통행

필요할 때마다
접은다리 대지에 걸치고
그들인 척 하다가 다시 돌아보면
내 잇김만 서려

문 열어도 쏘다니지 않는 나의 집
내밀어도 네 것일 순 없는 나의 마음
땅을 그리나 땅일 수 없고
메운 척해도 여전히 표류할 수 밖에 없는

나는 섬
그래야 편한
나는
섬

# 빈익빈 부익부

어쩜 일은 한꺼번에 몰려다닐까
없는 날은 벽만 보고
있는 날은 밟히고 치인다

어쩜 인연은 한꺼번에 몰려다닐까
못 만나면 개미새끼 볼 수 없고
다가 오면 거미줄처럼 얽히고설킨다

어쩜 운은 이리도 야박할까
울며불며 달라고 울부짖을 땐
쳐다도 보지 않다가
포기하고 딴 곳 어슬렁이면
뒤통수 와서 내리꽂고 달아난다

# 담배

있으면
괴롭고

없으면
아련한

더이상
내 것이 아닌
떠난 연인의
체취

# 불평

몸아
왜
만족을 모르니

정신아
왜
만족을 모르니

없어도
불만족

있어도
불만족

적어도
불만족

많아도
불만족

\>

　만족 않다가
　되돌아보면

　불평한 그때가
　제일 만족스럽더라

# 눈썹

하루라도 뽑지 않으면 자란다
부지런하지 않으면 여성도 사랑도 멀어라

# 눈썹 2

열아홉 해를 방치하며 살았다.
여전히 자라고 있었지만
그럴 여력도
그럴 필요성도
느끼지 못했다.
스무 살이 되고부터
사정은 달라졌다.
여기저기
여학우들은
벌초를 하기 시작했다.
칼로 끝만 도려내고
선을 그어보기도,
아랫도리만
풀을 발라
뜯어보기도,
대각선 위로
대각선 아래로
두터웁게
매우거나
혹은

얇게
그리거나
어찌되었든
벌초는 해야했다.
도려내도
뜯어도
뽑아도
돌을 뚫고
자라는 구석탱이 풀.
하루라도
어김없이
새 순은
돋아나고,
방심하다 돌아보면
어느새
나는
남자가 되어 있었다.
벌초는
내 부지런함의 소산
내 여성성의 완성.

이 풀을 다듬어
오늘의 만족을 얻는데
십 오년이란 세월이 걸렸다.
쉽게
빨리
내 것이 되는 일이 없음을
오늘도
나는
거울 앞에서
눈썹을
다듬는다.

# 마음

고파도
돈 주고
사 먹을 수 없는
마음

먹을 수 있을 때까지
공들이고
기다려도
기약없는
마음

# 욕구불만

쵸코바가
남자냐?

# 그것이 문제로다

나무처럼 정착하고 살 것인가
물고기처럼 표류하고 살 것인가

개미처럼 한 곳만 보며 살 것인가
거미처럼 여러겹 걸치며 살 것인가

그것이 문제로다
그것이 문제로다
그것이
그것이
문제로다

# 첫 사랑

봄만 되면
알레르기
열나고
콧물나고
어지럽고
간지럽고
목 아프고
찐득거린다

온종일
돋보기 쓰고
도보 걷는
내 처연한 청춘

꽃들이 싫어
바람이 싫어
햇볕이 싫어
연인들이 싫어

문 닫아도

비집고 들어오는
알레르기 병균체
재채기로 날려보내도
다시 나에게로 붙어

봄만 되면
어김없이 찾아오는
너
알레르기
봄
그대 떠난
내 젊음

# 천안행

토요일 새벽
서울에서 천안행
지하철을 탄다
그리고
눈을 감는다

문이 열리고 닫히면
사람 들어오고 나가는 냄새
삶에 찌든 냄새
피곤한 냄새
늙은 냄새
젊은 냄새

인생이 읽히고 추측되는 찰나
네가 어제 무얼했으며
네가 오늘 무얼 먹고 배설했는지
네 생활이 어떠하고
네 환경이 어떠한지
코로 아는 세상

&gt;

배경으로도 희석되지 않는
바람으로도 속일 수 없는
졸린 눈 감고 귀 닫고 코만 열면
새벽의 예민함으로
냄새에도
계급이 있고 등급이 있음을

본능은 안다
서글픈
피라미드의
생존 도식을

# 성공에 이르는 길


할머니
오르시며
하시는 말씀

계단은
직선으로 오르면
힘들어서 안되

지그재그로
올라야재

# 애야 시집가거라


애야
시집가거라

그래야
부인이 되고
엄마가 되고
아줌마가 되고
며느리가 되고
할머니가 되고
여자가 아닌
인간이 되지

그래야
남자가
신랑 같고
아들 같고
오빠 같고
아버지 같고
할아버지 같고
가능성이 아닌 인간으로 보이지

# 노처녀

나는
여잔데
여자가
더 이상
아니라고 한다

나는
아직도
여잔데
여자냄새가
나지 않는다고 한다

나는
이제부터
여자가
아니라
누나이고
언니이며
아줌마이고
사모님이라고 한다

>
여성 호르몬이
고갈되어가고 있기
때문이라고 한다

여잔데
노력하지 않으면
더는
여자로 인식되기 힘들며

달라 붙는 옷을 입든
가슴을 더 후벼 파든
화장을 더 짙게 하든
치마로 다리를 더 드러내어
암내를
의도적으로
풍기려 하지 않는 한
갈수록
상황은
더 악화될 것이라고 한다

>
이제는
더 이상
여자로
희망이
없을 수도 있으니
외로움에
징징대지 말고
독신도
진지하게
생각해 보라고 한다

그러라고 한다

# 노처녀 2

나는
나를
벌어
먹이고 있습니다

초등학교
중학교
고등학교
대학교
대학원
모두
부모 돈이
먹여 살렸는데

그 투자가
지금은
나를
먹여 살리고 있습니다

온전히

내 돈으로
그간
집세를 내고
친구를 만나고
교통비를 충당하며
먹거리를
대 주었습니다.

이제는
나를
먹여 살릴
그 누군가를 만나야 할 텐데

여전히
나는
나를 벌어
먹이고 있습니다.

# 변비

내 인생은
변비

나올 듯
나올 듯
나오지 않고
나와도
개운하지 않다

설사라도
좌~악
쏟아졌으면 좋겠다

언제
쾌변의
쾌속정을
맛볼 수 있을까?

# 솔로

나는
전지전능하여
여태
혼자인가
불안정하면
채워주실 터인데
홀로
완벽하여
반쪽이
없나보다

# 찾습니다

찾을수록
숨는 것
돈
사랑

# 연하 남

나보다 어려서
유치하게
게임을 좋아한다고 생각했는데
그냥
게임을 좋아하는 남자였다

나보다 어려서
유치하게
쵸콜릿을 좋아한다고 생각했는데
그냥
초콜릿을 좋아하는 남자였다

나보다 어려서
유치하게
잘 삐진다고 생각했는데
그냥
좀
잘 삐지는 남자였다

나보다 어려서

철들지 않았다고
여겼는데

나이가 아니라
내 생각이
그렇게 만들었다

헤어지고 보니
나이는 중요하지 않았다

2부

결혼 후

# 결혼

마침표가 아니라
쉼표

열심히 일한
나에게 주는
보상

초대장보다
엄마 향한 반성문이

어제보다
어른이게 한다

오늘 살다
내일 돌싱된다해도

나는 다르다
새것이 되었다

# 결혼 준비

기억에 투자
신혼 여행

증거에 투자
예식

집들이에 투자
가전, 가구

간접으로 말해주는 계급서열
집 주소

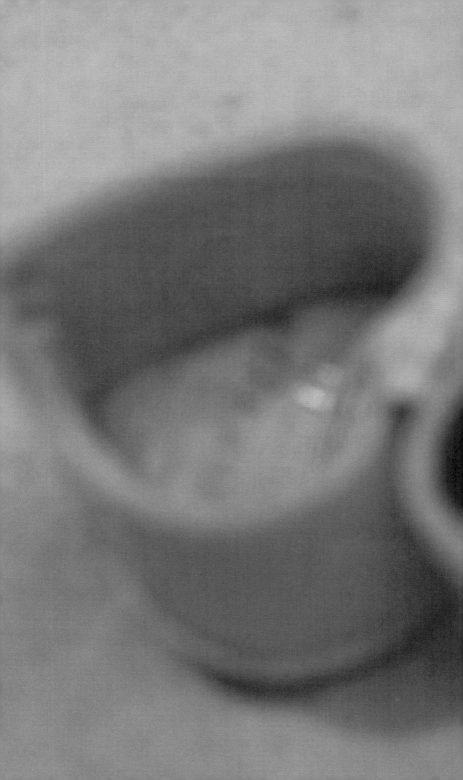

# 커플링

내 음식
건들지 마라
침뱉어 놓는 행위

# 노인

사람이 아니라
좌석
비면 냅다 누군가 앉는다

여자가 아니라
보석
보면 냅다 누군가 훔친다

# 나이

옷의 힘으로 버틴다

젊음을 보쌈할 수 있는
착시현상

눈팅으로 열심으로
부지런떨고
트렌드에 업데이트

보상받는
세월의 눈가림

그래도
피부가 옷인
젊음을 감히 자격할 수 없다

# 삶의 이유

내
유전자의 한계를
평생
소진하는 것

© 오충근, photo by Chung-Geun Oh

# 스킨 케어

기를 전해준다
내게
이
중국 여자

# 설거지

새 그릇이 주는 촉감
그 그릇이 주는 사색

생각이 흘러
번쩍이며 떠오르는
다음의 약속들

만들어 채우는 요리보다
지워서 버려지는 씻기의 구도

# 마트 풍경


가난한 자의 시장 바구니는 중공업단지
무명회사의 인스턴트로 가득하다

아쉬울 것 없는 자의 시장바구니는 농업단지
과일 채소 유기농 자연으로 가득하다

없는 자는
하나 고르는데도 갈등으로 시간소비
있는 자는
뵈는대로 잡아도 지갑은 넉넉

가격 하나하나 피부에 와닿는
없는 자의 자존심
품질 하나하나 따져 넣는
있는 자의 여유

눈물 겨운 마트 풍경

# 거울

내가 웃으면
따라 웃고

내가 울면
따라 울고

내가 욕하면
되갚아 욕 돌아오고

내가 칭찬하면
되돌아 은혜 갚는다

인생도 마찬가지

# 혼잣말

한마디도
하지 않았다
말이 모여
벽이 되고

나는
오늘도
소용되지 못한
말들을 주워 담아
벽에다
흩뿌린다

돌아오지 않는
메아리
머릿속에만
저장되어
썩어가는
상념들

하루 소비량을

못 채운
대상없는
말들이
혼잣말 되어

TV앞에
앉는다

# 하루 지난 신문을 읽으며

하루 지난 신문을 읽으며
누군 한물 가고 싶어 어제가 되었나

내 현재, 다른 놈이 꿰 차 앉고
나를 향했던 눈들 새로운 걸 탐하였다

정상도 없이 아래로만 흐르는 물
쏜살 같은 내 과거
안주할 수도, 시작할 수도 없는

등짝에다 유행지난 옷, 억지로 입혀
뮤즈 다시 타고 오르고 싶은
내 가난한 욕망이여

# 귀가

"차량이 도착했습니다"

안내 방송 한 지 오랜데
아직
올라오지 않고 있다

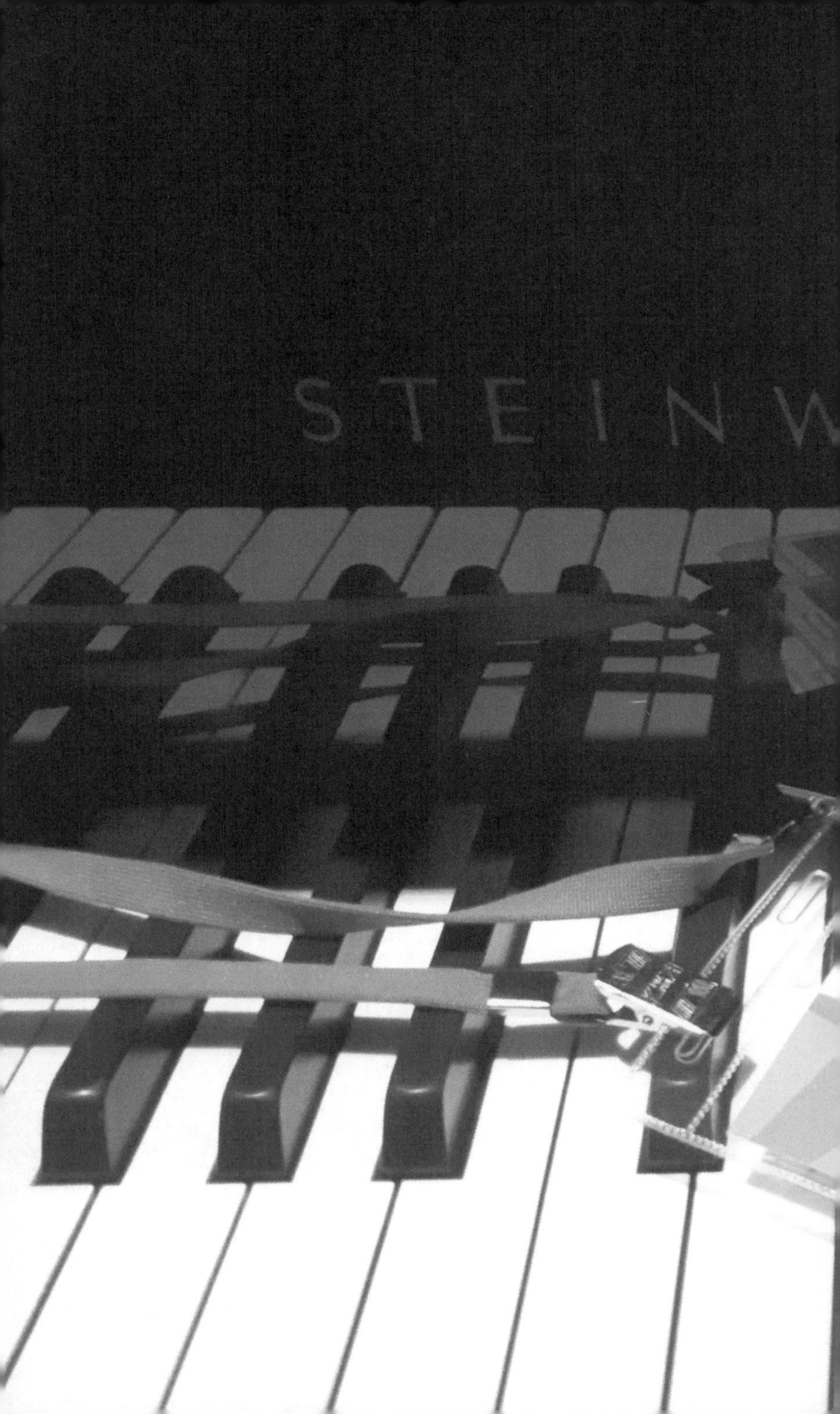
STEINW

# 음악

구조가
구조로
들리지 않아야 한다
치밀한 구조가 있으나
어떤 구조인지
드러나지 않아야 한다

그저 들어서 좋으면
그뿐

# 계절병

몸이
아픈 건지
몸이
아프고 싶은 건지
힘이
없다

더 이상
열정이 없는 건지
열정 부릴 대상이 없는 건지
의욕이
없다

# 세계

건너 왔더니
사라졌다

# 선택

아님 말고
그럴 수도 있지
꼬옥
그래야 하는 건 없어

# 10년 후

정말
바닥을 쳤더니
이젠
덜 싸운다

# 나이 2

타인은
내 이미지를 보고

나는
내 생각을 본다

사랑

정수리 냄새도 좋으면
진짜 사랑하는 거래
난 밤마다
네 정수리 냄새를 맡다가
잠이 들어

# 처가시댁

나만 되고
너는 안 되는 것이
어딨어

너는 되고
나만 안 되는 것이
어딨어

둘다
된다

# 결혼 2

말 많고
재밌는 사람 같아
식 올렸더니
나한테만
과묵한 사람이 되었다

# 인연

엄마는 초량초등학교 교장선생님이셨다.
아빠는 초량초등학교를 졸업했다.
아빠 성적표를 프린트해서 봤다는 엄마.

아빠 몇 십년 후,
자신의 아내 될 사람이
자신의 모교 초등학교 교장으로 부임해서
자신의 성적을 인쇄해서 보리라고
상상이라도 했을까?

인연은 참 알 수 없다.

3부

출산 후

# 대기중인 유방

불어나는 젖통
누드로 방치한 채
소유권자가 나타나길 준비하는
10개월의 기다림

편평한 봉우리
치켜세우며
정복당할 그날 위해

흑백모빌
표적이 된다
불완전한 시각에
길잡이가 된다

# 조심하라 유부녀

아이는 아이
나는 나

신랑은 신랑
나는 나

팔랑귀를 조심하라
우리는 룸메이트

예나 지금이나
나는
나일뿐

# 지하철 자리

임산부라서 서럽다
아침에 맘껏
다리 기지개 펴지 못하고
신호 바뀌는 건널목
빨리 뛰어 건너지 못하고
노약자석, 일반석 앞에
오늘도 배 만지며 서성인다

자신도 임산부될 것이고
자신도 임산부였고
자신의 아내도 임산부되거나
자신의 어미도 임산부였거늘
경험치 않았거나
현재가 아닌 과거가 되었거나
아직 오지 않은 미래가 될 것이라
외면하며 딴청이는 자리

여자도 어머니도 아닌
제3의 아줌마 되는 변종과정
내 인생의 절정을 자식에게 내어주는 과정

남편마저 남의편이 되는 날이면
서러운 임산부
더 이상 앉을 자리가 없다

# 지하철 자리 2

떴다
노인
임산부
어린이

다들
일제히
딴짓 모드
핸드폰 모드
취침 모드

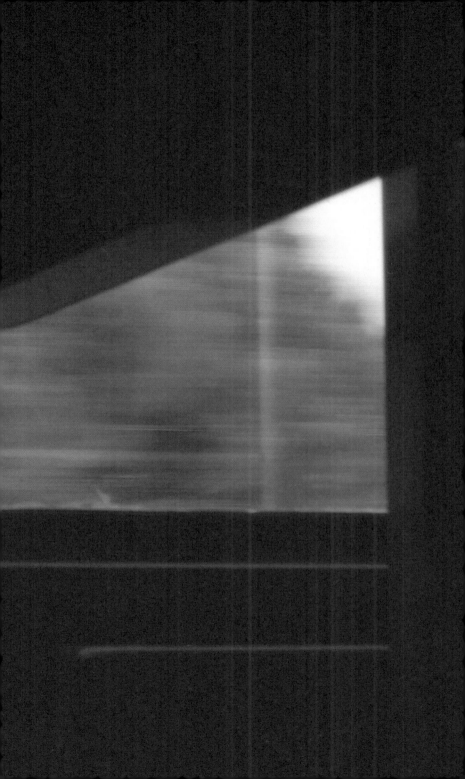

# 숨은 엄마

저~기
서 있는
예쁜
처자 하나

예전엔
그 여자가 보였는데
요즘은
그 여자 뒤
숨은 엄마가 보인다

저 처자
먹이고
입히고
교육시키고
탐내고
갖고싶은
여자로 키워내기까지

그 뒤의

숨은 엄마는
얼마나 많은
인내와 희생을 곱씹었을까

나~도
내 딸의
숨은 엄마
위대한 배후 조종자
알고보니 대상으로
질투 받고 싶다

© 김현진, photo by Hyun-Jin Kim

111

## 길이 있을꺼야

길이 있을꺼야
상심하지마
분명히
길이 있을꺼야
멀리말고
가까이서 찾아
완전 반대 방향으로 틀지 말고
작고 비천하더라도
지금 가지고 있는 걸로
아주 작은 몸짓이라도 버둥거리면
반드시
긍정의 틈새가 생길꺼야
그럼
다시
의심하지말고 구멍을 파는거야
또 막히면
다시
뚫으면 되

포기하지말고
책과
사람들과
나를 둘러싼 환경의 매체들과
머리에 생각의 샘을 파고
깊어질 때까지
고일 때까지
인내하며
쉬지말며
싸인을 기다려
싸인을 기다려
길이 보이지?
배반하지 않아
너는 그냥 발견하면 그뿐
그래도 살아내는 것이
오늘의 몫

# 나는 캥거루

나는 캥거루
열달간 생명을 넣어다닌다

시도 때도 없이
고양이처럼 낮잠자고
늑대처럼 침 흘리며
스컹크처럼 가스를 방출

아침마다 멀미하고
저녁마다 토하며
여기저기 숨어있는 냄새들은
예고없이 나를 공격한다

그러나 나는 캥거루
품어야 자라는 모성
인내해야 맞게되는 생명

보이진 않지만
보인다고 느끼는 신
그 축복아래

양수의 바다를 헤엄쳐
오늘도 노아 방주 하나 지나가며
신호를 보낸다.

열달 후
너는 나의 캥거루

# 탓

힘들면
남탓
환경탓
조상탓이라도 해라

힘든데
모두 내 탓이면
힘들어 살 수 없다

# 모유수유


너의
덩어리감이 좋아

젖 너머 보이는
너의 눈

이기적인
그러나
나 아니면 안 되는 당위성

너와 나는
젖꼭지 하나로 연결되어 있다

덩어리로 느껴지는 너의 존재감이
온전히 내 소유가 되는 시간

사랑해

# 나, 너의 든든한 친정이 되어 줄게

나,
너의 든든한 친정이 되어줄게
풍족하여
걱정없고
아낄 필요 없고
부담없이
쉬다가
덤으로 얻어
힘내어 다시 가는 길
울타리 둘러
무너짐 없는 **빽**으로
"우리 엄마한테 일러줄꺼야!"
가 평생 통하는
통행권 만들어 줄게

나,
건강 지키고
일 열심히
언행 조심하고
사람 잘 관리해서

모두
너에게 넘겨줄게

너의 자랑이 되고
너의 언덕이 되고
너의 믿음이 되고
너의 희망이 되고
너의 희노애락을 담은
그릇이 되어 줄게
배경이 되어 줄게

든든한 친정이 되어 줄게

# 민들레

집시운명
타고난
너

날라가
터 박으면
그곳이 바로
내 집

# 놀이터

아이들의 다방,
클럽
접선 장소.

모였다
흩어지고
기다리며
조우하는
기약 없는
우연의
인연 고리

# 너는 딸 1
— 4살


너는 나의
38살 연하 애인

요구하고
집착하고
따라 다니지만
싫지 않다.

내가 미리 본 세상과
내가 알게된 세계를
너에게 모두 주고 싶다.

몸도 정신도
크고 깊게 살 찌워
내 품을 떠나는 그날까지

나는
작아지고 작아지고 작아져서
없어지고 버려져도 즐거운
소모품 되리.

>
내 인생에
사건처럼, 운명처럼 다가와서
행복해서 불안한
과거, 미래 아닌
현재를 매일매일 선물하는 당신

사랑한다는 말로는
도저히
눈에 넣어도 안 아픈 말로도
도저히
상상하지도
설명할 수도 없는
내 어여쁜
동성 애인

오늘도
나의 38살 미래는
내 손바닥보다 작은 발을 신고
세상을 밟는다.
나를 재촉인다.

>

살고 싶다.

살고 싶다.

살게 만든다.

더 살아야할 의미를 쥐어준다.

# 너는 딸 2

너는
내가 평생 만들어갈
내 작품

# 철

위만 보았는데
아래로 향하게 된다
더이상 나서고 싶지 않다.
사라지고 싶다.
전경이 아니라
이젠 누군가의 배경이 되고 싶다.
늙은 것일까?
마침내
철든 것일까

# 자식

10년이든
20년이든
30년이 지나든
너는
내 젖 먹고 자란
내 작은 새끼다.

# 해씨별로 간 푸딩이

널 첨 봤을때
난 알았지
내 평생친구 될꺼란 걸

학교 갔다 오면
젤 먼저 달려가

내 작은 손바닥에
네 작은 몸을 올려

안아주고
먹이주고

푸딩아
나의 작은 푸딩아
푸딩처럼 폭신한
내 친구 햄스터

쳇바퀴를 넘어
톱밥 위를 달려

>

내 꿈속에 나타나
네 별에 찾아가

지금은
해씨별에서
해바라기씨
먹으며

날 기억할까
날 생각할까

푸딩아
나의 작은 푸딩아
푸딩처럼 폭신한
내 친구 햄스터

이제는 볼 수 없지만
화분 속에 꽃으로 피어나
매일 아침 만나자

&gt;

널 마지막 봤을 때

난 알았지

내 맘속에

넌

내 평생

별

# 모성애

너만
보면
젖이
도는
느낌

# 눈 샤베트

샤베트 샤베트

눈 샤베트

아이 이 시려

걸어 보면

설탕가루 가득

눈 도장 여기저기

따뜻한 달콤함

눈 오는 날 아침


샤베트 샤베트

눈 샤베트

아이 이 시려

던져보면

솜사탕 가득

눈 사람 여기저기

따뜻한 달콤함

눈 오는 날 아침


외투입고 모자쓰고

장갑끼고 부추신고

눈 샤베트 눈 솜사탕
찍고 던지고

샤베트 샤베트
눈 샤베트
아이 이 시려
돌아보면
밥도 잊고 시간도 잊고
하루가 저무네

# 브로콜리 여름산

오드득 오드득
씹어 물면
초록물감 터질듯
울퉁불퉁 울끈불끈
브로콜리 여름산

파란하늘에 참방참방
담궈서 씻어내자
여름더위
울퉁불퉁 울끈불끈
브로콜리 여름산

볶아도 무쳐도 즙을 내도
가까워질 것 같지 않던 네가
보고서 걸어서 올라보니
어느새 우뚝 산으로 솟아있네

오드득 오드득
씹어물면
초록물감 터질듯

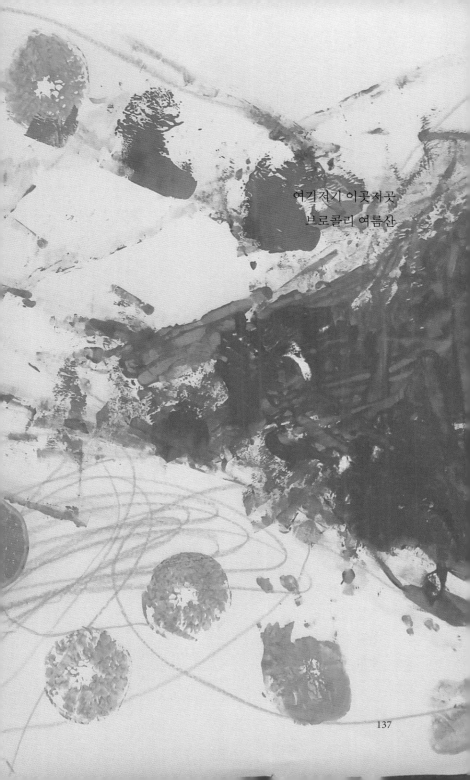

여기저기 이곳저곳
브로콜리 여름산

# 하루가 모자라

나랑 놀아
엄마 아빠
나랑 놀아
언니 오빠
나랑 놀아
친구 들아
하루가 모자라.

술래 잡기
숨바 꼭질
역할 놀이
게임 퍼즐
앉고 뛰고
숨고 잡고
하루가 모자라

근데 이젠
초등 입학
한자 한글
수학 과학

영어 운동

학교 적응

하루가 모자라


가나 다라

한글 공부

천지 현황

한자 공부

a, b, c, d

영어 공부

하루가 모자라


근데

이젠

초등학교 입학해야 하니까

한자 한글 영어

수학 과학 운동

하루가 모자라

덧셈 **뺄셈**

산수 공부

교구 실험
과학 공부
축구 발레
운동 까지
하루가 모자라

라랄 랄라
라랄 랄라
라랄 랄라
라랄 랄라
라랄 랄라
라랄 랄라

하루가 모자라
또 하루가 가네요
(그럴 필요 있을까?)

# 너의 하루

자고
먹고
놀고
싸고

먹고
놀고
자고
싸고

싸고
먹고
놀고
자고

놀고
먹고
자고
싸고

# 우리는 자라서 무엇이 되나요?

강물은 흘러서 어디로 가나요
드넓은 바다로 저 바다로
연어는 거슬러 어디로 가나요
드넓은 바다로 저 바다로
구름은 흘러서 어디로 가나요
드넓은 하늘로 저 하늘로
파랑새 날아서 어디로 가나요
드높은 하늘로 저 하늘로

우리는 자라서 무엇이 되나요

# 만일

만일
물고기 날개 달면
저 하늘을 날 수 있을까

만일
비둘기 비늘 달면
저 바다를 수영할 수 있을까

만일
저 나무, 다리 달면
이 들판 달릴 수 있을까

만일
흰 강아지 말하게 되면
이 마음 저 마음 알게 될까

만일
내가 너라면
너가 나라면
우리 말하지 않아도

서로의 마음
알게 되겠지
하나가 되겠지

145

이노경 시집

우리는 자라서 무엇이 되나요?

발　　행 2020년 7월 3일
지 은 이 이노경
펴 낸 이 반송림
편집디자인 김지호
펴 낸 곳 도서출판 지혜 · 계간시전문지 애지
기획위원 반경환 이형권
주　　소 34624 대전광역시 동구 태전로 57, 2층 도서출판 지혜 (삼성동)
전　　화 042-625-1140
팩　　스 042-627-1140
전자우편 ejisarang@hanmail.net
애지카페 cafe.daum.net/ejiliterature

ISBN : 979-11-5728-402-3　03810
값 10,000원

## 이노경

버클리 음대Berklee College Of Music, 뉴욕, 퀸즈 칼리지CUNY, Queens College에서
석사를 마쳤다. 여성 피아니스트이자, 작곡자, 편곡자로서 꾸준히 자신만의 음
악영역을 구축해온 그녀는 뮤지션으로서 솔로 피아노 데뷔앨범 [Flower You]
(2005)를 비롯해서, [Road To You](2006), 재즈와 트로트Trot의 조합을 시도
한 앨범 [CaTtrot](2008), 피아노, 장구, 베이스로 구성된 새로운 형태의 피아
노 트리오 앨범 [Matchmaker](2010), 그리고 태평소, 피리와 판소리, 랩Rap
까지 가세한 국악재즈 성향의 [I-Tori](2012)까지 5장의 정규 앨범을 발표하였
고, 스페셜 태교 앨범 [A Child Is Born](아가의 탄생)(2011)과 뉴욕 거주 당시
녹음한 미공개 음원만을 묶어 만든 솔로 피아노 곡집 [Reminiscence](2014)〉
을 내놓았다. 환경음악, 배경음악Background Music, 앰비언트 뮤직ambient
music을 표방한 '1인 미디 작업' [Exile](2015)을 발표하기도 하였으며, 2016
년엔 Ray Charles, Nora Jones, Astrud Gilberto 등이 연주하기도 했던 필라
델피아 Indre studio 녹음의 솔로 피아노 앨범 [Light Up](2016)을 재발매하
기도 하였다.

저서로는 그녀 자신의 유학생활을 '20대의 감성'으로 진지하고, 생생하게 그려
내 베스트셀러로 주목 받기도 한 재즈 수필집『재즈 캣, Jazz It!』과 다양한 장르
의 음악을 임신주수별, 엄마 기분별로 골라들을 수 있도록 친절하게 소개하여
'2015년 문화관광부 우수 교양도서'로 선정되기도 하였던 태교음악의 교과서
같은 책『피아니스트 엄마의 조금 특별한 음악태교』(2014)가 있으며, 재즈 연습
지침서『재즈피아노 레슨 Jazz Piano Lesson』과 악보집으로는『이노경의 재즈 노트
Jazz Note Vol. 1』(2012)이 있다.

이노경 시집 『우리는 자라서 무엇이 되나요?』는 시와 사진과 음악의 세계이며, 이 삼원일치의 세계 속에서 결혼 전, 결혼 후, 출산 후의 세 개의 장의 드라마가 아름답게 울려 퍼진다. '우리는 자라서 무엇이 되나요?'는 어린 아이의 꿈이 되고, 이 꿈은 시인으로서, 재즈피아니스트로서, 작곡자로서의 이노경의 극적인 현실이 된다. 시와 사진과 음악이 하나가 된 가장 아름다운 시집이 '우리 한국어의 영광'으로 탄생하게 된 것이다.

Boston, Berklee College Of Music, Jazz Piano Performance 전공, 졸업(1999), Berklee Achievement Scholarship수상(1998), New York, Queens College 대학원 졸업(MA), Jazz전공, 졸업(2001), 경복대학 겸임 교수(2005~2007), 한국 콘서바토리 겸임교수(2009~2011)역임, 경희대학교, 명지대, 중앙대학교, 단국대학교, 백제예대, 나사렛 대학교, 동아방송대학, 여주대, 국제예대 강의(2001~2015)
재즈 락 밴드 'Infinite Loop' 멤버, 앨범 [Across The Ocean](2010), [Free Play](2013)발매, 이노경/서해인 Single [하루가 모자라](2018), [Flower You](2005), [Road To You](2006), [CaTrot](2008), [Matchmaker](2010), [A Child Is Born](2011), [I-Tori](2012), [Reminiscence](2014), [Exile](2015), [Light Up](2016) 개인 앨범 발매

이메일: nokyunglee@hanmail.net